KB130799

물고기와 시

책 만 드 는 집　시 인 선 181

물고기와 시

진용숙 시집

책만드는집

초저녁 하늘에서 별을 기다리는,
내 작은 숨소리도
비바람 천둥 치면 무엇으로 남아줄까

한생의 슬픈 음지 미완의 내 시여
도원이 따로 있나
날개 달고 용쓰며 낙관도 찍어가며

2021년 가을에
진용숙

| 차례 |

1부   물고기와 시

2부   모래시계

3부   첫눈

4부 　욕망에 대하여

5부   생명의 서

1부

물고기와 시

가묘假墓

저 가묘의 주인은
막상 좌불안석이다
그 자리에 저물 건지
어디로 또 옮길 건지
기다리는 초조함
그 얼마나 슬플까
죽어서도
잠자릴 못 잡았으니

가을에는

가을에 시를 쓰면 좀 따분해진다
들판의 풀꽃마저 까맣게
씨앗 만들어 바람에 뿌리며
한생의 몫이 되어 나풀거리는데
이 말 저 말 다 긁어모아도
심금 울려주는 시 한 편 못 쓰고
눈먼 그리움만 부질없이
무명의 길에 멈춰 섰으니

도로 옆 고목의 끈질긴 사투나
고목을 움켜쥔 바위의 침묵은
왜 저렇게 끄떡없이 간수되는지
그래도 절망은 접자
눈부신 시와 새 시집을 위해서
이 가을이야 망치든 말든
나의 바다와 정든 풀밭의 새들과

그리고 구름 속에 잠긴 어머니
일몰에 버려진 상념들 불러 모아
아프고 아픈 시를 다시 쓰자

밸런스

형산강 왜가리 한 마리
한쪽 다리 점잖게 들고
묵상 중이다

動中靜

가히 군자의 꼬챙이수염
이슬 털듯
끄떡없다 카이까네*

* 경상도 포항 지방 방언.

16

물고기와 시

시는 파닥파닥 숨 쉬는 물고기
공연히 퇴고한다고
지느러미 자르지 마라
바다로 갈 수 없는
물고기는 죽은 시다
악마의 뿔처럼 교활하지 않아도
시와 물고기는
바다를 먹고 사는 동업자이다

구만리* 해변

보릿대 흔드는 바람 가득한 호미곶 끝자락
물비린내가 보리밭 사잇길로 걸어 들어와요
사람은 보이지 않고
한 해를 간수하려 고통을 참는 보리가 보여요
해풍에 휘어지다 허리 곧추선 보리들이지요

구만리 보리술기운 같은 여운을 간직한 채
하늘과 바다와 마주 앉아 돌미역 한 오리로
세월을 낚다가
고향 바다, 분월포로 돌아가고 싶다는
'월보月甫'** 시인의 시비 앞에 발을 멈추었어요

이미 너댓 명의 여자들이 사진을 찍으며
시비 속의 시인과 밀담을 나누네요
귀 열고 엿듣는 타지 바람도 있어요
시인의 애절한 염원 "나 꼭 돌아가 그곳에
늙은 그림자 비탈에 뉘일 터"

짐짓 시인의 속마음까지 훔치고 있네요

시란 참으로 위대합니다
별이 하늘이던 시절 우리들 젊은 방황은
언젠가는 꼭 별을 따야 한다는 것이었지요
그 꿈을 가슴속에 고이 접어두었다가
어느 날 문득 꺼낸 비장의 첩지같이
얼굴도 모르는 사람들이
안섶에 곱게 여며두고 싶은 슬픈 글귀입니다

시 한 줄이 밥 한 숟가락이 못 된다 해도
우리 죽어 다시는 이 땅에 못 돌아온다 해도
지금은 참 기분 좋은 시간이에요
저녁 해 설핏설핏 뒷걸음질 치는 오후 네 시
오늘따라 보리개떡이 먹고 싶은 구만리 해변

* 호미곶 끝자락의 작은 바닷가 마을.
** 서상만 시인.

달맞이꽃을 보며

가끔 너에게 가는 꿈을 꾼다

무심 속 형산강 둑에 앉아
파란 하늘에 겨우겨우 매달린
샛별도 덤으로 본다

달맞이꽃은 참 슬프다
동짓달 고드름같이
밤바람에 매달려 바들바들

달아 달아
찢어진 꽃잎 같은 사랑아
세상 한쪽은 달맞이로
그 한쪽은 낙화로 지는,

나는 백사장에 이불을 펴
살아있는 모두를 잠재우리라

동백처럼

겨울꽃 아픈 역린이여
누가 냉정에 불 질렀나
피 묻어 태어난
나의 생애처럼
뚝뚝뚝 뚝 뚜둑
그새, 나도
절반 넘게 늙어버렸네

그림자를 닦다

어느 세상에서 찾아온
고독인가
누구도 모르는
비밀의 창으로
슬며시 고개 내민
그림자여

어디 갔다 이 노을에
온갖 수모
목에 걸고 왔나
저 닳은 석비에 어서
이 빠진
비문 좀 닦아주렴

기러기

기러기 하늘에 줄 섰다
왜 하필 저렇게
높은 하늘길을 내나?

"우리는 잡새와 달라"
천년만년 고고하다

끝내 우리들

오랜 날 함께한
우리들 순정함이여

맞아, 그것이 진정
열락悅樂이었는지 몰라

살면서 겪은 시련
고통을 참은 인내

언젠가 생의 끝장에서
모두를 내팽개치며

세상 등진다 해도
순정만은 못 잊을

다변 多辯

허 - 참 말씀이 많으시네

제발 툴툴대며 나서지도 말고
자꾸 딴 입 놀리지 마세요
입 꾹 닫고 좀 기다려봐요

거봐요 바로 답이 나오네요
침묵이 금세 금이 되었다

마부馬夫

마부는 오늘도
삶을 태우며
새벽길을 튼다

꼭 닿아야 할
풍요의 나라로

하얀 달이
마부의 얼굴에
풍경이 되면서

잠자리

평생 공중거사님
저 잠자리

나뭇가지
풀잎은 간이역이라
점심도 싸 먹고
화장실도 가고

제 깜냥으로
온몸이
우주를 품고 있다

누가 저 날개를
가볍다고만 하나
천상천하
최고의 닻이러니

짝사랑

젊은 시절 아주 우연히 누굴 만나
평생 처음
악수하자며 내민 손

그의 손은 신의 탁마처럼 거칠었다
어려운 시대를 앓고 있는 손
가난은 죄가 아니었다

초로에 들면서 비로소 알았다
짝사랑은 단순하고 가볍지만
오래오래 가슴에 남아있는 것임을

딸에게

부탁이다, 니 새끼들
부디 실하게 키워라
정치판도 코로나도
세상 돌아가는 꼴이
정말로 한심하다
나라 빚도 넘쳐나서
걔들 세상 살아갈 짐
힘 부칠까 두렵구나

2부

모래시계

묻지 마라 적멸은 없다

어디로 가느냐고 꼭 묻지는 마라
지금은 바람도 가끔 길을 잃는다

가을이 꼭 슬픈 것만도 아니잖아
어느 날 길 잃은 바람이
우리 가슴에 새 씨앗을 뿌려줄지

잘 사느냐 어떠냐고도 묻지 마라
꿈 없는 사람 어디에도 없다

새들이 저녁 해 지는 곳으로
길을 내는 것도 슬퍼하지 마라
거긴 따뜻한 둥지가 기다리나니

목련이 피는 시간

만상이 까마득한 날, 어떻게 네들
지구의 배꼽을 뚫고 나왔을까

네들의 배반이 우주의 슬픈 전설이
아니기를 기도하면서 –

바다지기와 하늘 공주의
차마 이룰 수 없는 사랑 때문일까

기어이 네들을 시샘해 쌀쌀맞은
봄눈이 푸른 하늘을 음각하는 지금

백목련 자목련 황목련 아가씨들
우르르 가지 끝에 모여 앉아

뜨거운 열애의 모닥불을 지피는
그런 봄 하나 왔으면 좋겠다마는,

무덤 위에 핀 에델바이스

무덤을 지키는 순백의 에델바이스
시녀들이 죽음까지 모시려 했나
순장을 함께한 충성심이 눈물겹다

낭산 기슭에 달항아리로 누워있는
저 선덕여왕
감히 남정네 무릎도 꿇게 했던
왕이로소이다, 그 그릇 한없이 크다

제국의 흥망이란 어두운 힘
누가 만세를 기약할 수 있겠나만
남자들 함부로 흘낏거리지 마라
천 년 넘도록 꿋꿋이 살아있는
신라의 여걸, 선덕여왕이로소이다

첨성대

천 년을 한결같은 저 뚝심
삼백예순여섯 개의 돌 위에
사랑의 별자리를 새겨놓고
하늘을 응시하는 저 눈동자

천 년을
사람들은 말로만 헤아리지만
천 년의 저력은 고통이다
초월初月이 지금 막 멈춰 앉았다

떠난 사람은 옛사람 되었지만
첨성대는 천년만년을 넘어
하늘 여는 창조의 신으로
과학 한국의 큰 기둥이 되리

석탑

쉿 조용해라
지금 부처님 저녁 예불 중이시다

수천수만 염원 차곡차곡
다, 돌에 묻고 계신다

여기는 감은사지 낡은 석탑
누가 세월 앞 장사 없다 했나

나의 두 손 나도 모르게
촛불 앞에 저 돌이 되고 있다

모래시계

뒤집다 뒤집다 보면
오 분이 아니다

내게 주는
마지막 환송

한 생이 곤두박질치며
영원으로 가고 있다

뿔싸움

삶이 고달플 땐
세상을 들이받는
뿔이라도 되었으면

내 가난한 펜촉이
뿔처럼
비리의 피를 뽑고

화투 패 돌려대듯
돈에 권세에
미친 손 자르는
칼이라도 되었으면

막말로
인생 끝나는 꼴들
뿔싸움에서 본다

물을 씹다

눈물이 날 땐
난 물을 씹는다
벼룻물에
맹물 보태듯
마음을 달여
천천히 천천히
숨도 축이며

반도의 희망

범 꼬리 호미곶은
일출과 월출이
함께 타오르는
애국의 불꽃이다
어느 날 반드시
포스코의 쇳물
이 나라 부흥에
불쏘시개 되리니
상상의 새여
여기 다 모여라
마음껏 날개 펴고
훨훨 날아라
동해로 뻗는
바람의 어금니가
딱딱딱 소리치며
우리를 부른다

빛과 어둠

경주 사방역은 아직도 사방역이다
사방을 둘러봐도 그리운 사람은 없다

－저자로 가는 아낙들 소쿠리에
연한 봄나물이 가득－

이제는 그 풍경도 없고 창포물에
머리 감는 여성도 없다

백화점이다 마트다 큰물에
돈도 가고 사람도 죄다 가버렸다

골목시장으로 늙어가는 궁지에 몰린
재래시장 애환이 목전에 있다

배경

나도 누구의
배경이 되고 싶다

막상 앞가림도
뒷가림도
막막해진 나이
겁 없이 뛰놀던
젊은 날의 스텝도
궤적을 이탈하여
갈팡질팡이다

그래도
조금은 다행이다
살아온 험로가
내 배경이라니

새는 어디서 잠자나

빈산에
새가 잠자는 소리
있다 없다

잠시 잠깐 부스럭
별 웃는 소리 뒤

오동잎 지는 소리
새 깃 터는 소리
없다가 있다

매미

너도 울고 나도 울고

목구멍에 피가 뚝뚝

산조散調 치고는

너무 징하다야

짝 찾는 호, 호사여

그리운 거미

우리 몰래 만나는 집 처마에
은빛 실오라기로
집 한 채 지어
실바람 타며 사랑이나 하자
바람 부는 길목에는
오색영롱한 커튼을 치고
해 질 녘까지 축배나 들다가
밤하늘 자자히 별이 돋으면
별 무리 죄 불러 함께 춤추자

오월

오월은 약속의 달이다

기적 같은 것 믿지 말자
삼라만상이 왜 이렇게
차고 넘치게 황홀할까

아침에 먹은 마음
저녁까지 그칠 새 없이
그 작풍作風대로 불고 불자

3부

첫눈

하모니

유명 조경사
유명 꽃꽂이 전문가
거기 더하여
탐미주의 시인 소설가
조각가 화가들이
다 덤벼들어도
아, 이 아침노을
이슬 먹은 저 풀잎
도저히 그릴 수 없구나

첫눈

첫눈은 대체로
가볍게 날리다
곱게 녹는다

첫사랑처럼
떨리는 몸짓으로
흩날리다
엄마의 땅에
눈물로 스민다

삼 년 만에 처음
사방역두
홍매 꽃술에
하얗게 내린

눈이 귀한

남도의 귀빈
아, 그리운 첫눈

화장化粧하기

바꾸는 것
아니야 꾸미는 것
그것도 아니야

진정한 나를
복원하는 것
그것도 아니야

그 얼굴에 그 밥
천만의 말씀
그 얼굴에
살짝 덧댄 봄바람

문수암에서

문수암 선방에서 녹차를 마십니다

보경사 폭포를 양 귀에 두고
쉼 없이 선정에 들었던 산이
홍시 같은 햇살을 풀어놓습니다

감나무에 매달린 물방울 하나
영롱한 빛을 냅니다

저 은밀한 물의 속살을 넌지시
바라보는 스님 찻잔에도
감추어둔 미소가 어른거립니다

은행잎

아이들이 쏟아지는 은행잎에 법석이다
황금 비에 혹해서 −
가히 저 색의 웃지 못할 휘황찬란함
저러다 아이들
황금에 눈 어두운 사람 될까 두렵구나!

부끄럽다

내일은 어버이날
거울 앞에 서서
홀연히 나를 본다
눈썹이랑 매무새
그런대로 닮았는데
내 삶은 후회로
얼룩져 버렸구나

유황 냄새 나는

활화산이 아우성치는
불길에서
미행하지 마라

숨는다고 어쩌겠냐
별은 눈 떠 있고
온 천지는 유황 냄새
바늘처럼 아픈데

피

얼마나 아팠으면
피를 토할까
누구의 숨소리
꼭 껴안아 보는
적멸의 밤
밤새도록 닦아도
지워지지 않는
흙빛 눈물이여

저 사람 앞에 그냥 부끄럽기도 한

내 잠버릇 여자 버릇
다 알고 있는
저 사람

내 마음
다 알고 있다며
말없이 누워있는
저 사람

일 초 앞을
누가 알까만
세월 앞에
저 사람 앞에

서글퍼도
다 아는 투정 한번

다시 해봤으면

얄밉도록

줄기찬 파도

파도에 눈이 달렸다
앞 파도가 당기면
뒤 파도가 밀어주고
줄줄이 따라나서는
저 줄기찬 파도
어느 날 칼바람이
이차돈의 목을 베도
보란 듯 천년만년
두루마리 창법으로
울어대는 저 파도

파리頌

출신이 기교파 구더기라도
날고 내빼는 재주는
야비함의 극치다

가끔 나를 저승사자라
알고 있는지
사납게 공격하며 대든다

결국 폭약을 분사해
박멸하지만, 구석구석
막가파식 희롱이다

도망치는 무명의 연기에
늙은 내 시가 무용하듯
나보다 IQ가 더 높다

펜싱 사브르

찌르고 치고 패대도
승리는 즐거운 거야
거기 무서운
칼끝 말고도
피 흘리는 일 말고도
인생이 이리 즐겁게
아름다울 수 있다면

호떡 한 개

파장에서 돌아오는 사람처럼
그가 등을 숙인 채 오고 있다

뭔가를 감싸 쥐고,
집에 도착한 그의 손에는
종이컵에 담긴 호떡 하나
누굴 주려고?

시식이라기보단 허기였을까
한 입 먼저 베어 문 흔적이
환한 낮달처럼 또렷이 아프다

혹서酷暑 통신

친구에게서 카톡이 왔다
월미도에서 물텀벙 먹고
땀을 뻘뻘 흘리고 있다고

몸속에 웬 그리 많은 물?
분출한 땀은 물이 아니라
혹 행복한 오수일지 모를

한달음에 답장 콕 찍었다
야 조심해래이!
고추 먹고 맴맴 하지 마라

여기 죽도의 달빛 아래서
나도 죽음 같은 침묵으로
지우다 또 쓰는 혹서 통신

보고 싶다 희자야

히히히 잘도 웃고 정겹던
희자야 지금 어디 사니
보고 싶구나

그 옛날 보릿고개 건널 때
보리떡을 먹어도
우리들 눈물 없었던
그때가 그립구나

네 엄마 새 시집 가도
아무것도 모른 체
네 할머니 치맛자락에 매달리던
희자야

지금 어디 사니
잘 사는지 못 사는지 보고 싶구나

4부

욕망에 대하여

시든 해바라기

좋은 인연으로 나에게로 와
불타는 향수로
나를 물들이던 해바라기여

오늘은

너의 시든 모습도 화엄이다
더군다나 늙은 정부처럼
아직 정념의 이빨 총총하여

세월의 키

먼 세월의 속지 속에
고이 잠들어 있던
나의 꿈

일월성신 미간에서
무럭무럭 시간은 자랐지만
목전엔
황량한 사막만 부려놨다

배고픈 사람에게
목마른 사람에게
절실한 기도는 거의 다
흘러간 일몰의 슬픔이었다

내 키는
평생 가시 풀에 덮여

더는 클 수가 없을 것임
산협에 방치된 무덤처럼

여우 화법話法

가을바람에
연약한 나뭇가지 하나
까치밥을 품고 있다
바람이 이리 불면
자유자재 저리 피하고
저리 불면 일사불란
이리 피하는

이판저판 개판 앞에
춤추는 허풍 심장이여

"아니고요! 맞고요"
혓바닥에 바늘 올려놓고
개밥보다 더 껄끄럽고
꿈에라도 듣기 싫은
늙은 여우 화법 봐요
그것도 잘난 관록이라고

낙엽의 노래

누가 먼저냐
따지지 말자
우리 다
곧 낙엽 돼
문전걸식하며
꽹과리
장구 치며
떠돌 것이니
그 하루하루
젖어도 보고
날려도 보고

어떤 신새벽

밤사이 물새는
어디로 갔는지

잔잔한 수면 위로
불쑥 떠오르는
저 태양의 오만은
차라리 눈물겹다

부역치곤
일만 년 백만 년을
한결같은 태양
무명의 시인을
사람으로 있게 하고
주막의 술기운
뽀글뽀글 재촉하는
행락의 새벽하늘

어느 날 문득

어느 날 문득
어머니 유일한 유품
사진 한 장 꺼내

내 가엾은
시 한 줄 써놓고 운다

캄캄한 먹물에도
생경하게 떠오르는
어머니 얼굴

강원도 집

산등성이 넘나드는 서늘한 바람에
과메기 꾸덕꾸덕 말라가면
그 강원도 집이 그립다

고양이 길 작은 들창으로
희미하게 불빛 새어 나오면
중년의 사내들
창문에 비스듬히 걸린 거울에
두세 번도 더 들여다보는 풍경

일에 쫓기다 순희를 잊고 산 지
해를 넘긴 것 같다
작은 키에 눈이 순한,
강원도 사투리가 밉지 않던 그녀
억척스레 살아온 그녀는
어느 날 긴 머리를

싹둑 잘랐단다

탐스럽던 삼단 머리
일생을 읽어낼 수 있었는데
흘러간 세월이 참 매웠나 보다

여자는 모든 걸 가슴에 묻고
사내는 등 뒤에 두고 간다더니
아서라 서로 믿지 않으면
모든 것은 젖은 잎으로 사느니

어느 시인의 말

간병? 힘드시지요
그 마음 안쪽에
자리 잡은 허기
무한한 고통

두려워 말고
최선을 다하세요

어느 날 세상 바뀌면
오래오래
골수에 남는 건
떠난 사람과
다하지 못한 일들이
불면보다 가혹하다니

열무김치

여름날
냉면에 걸쳐 먹는
열무김치여

냉슘물에
얼치래 동맹으로

땀 한 바가지
닦아낸다
뙤약볕 얼버무린
고추장처럼

옹이

생사람이 죽는 것 말고는
사람은 누구든 차츰차츰
시들어 죽어간다는 것

그도 그럴 것이 그렁그렁
골수에 옹이 하나 품고
평생을 죽은 듯 살았으니

요리, 최고의 예술

눈요기는 잠깐 보는 재미
맛보기는 살짝 몸을 푸는
미각의 전령사
그 손재주에 그 손맛은
눈과 혀가 생피 붙을
인류 최고의 율동예술임

욕망에 대하여

풀은 풀대로
나무는 나무대로
날개 펴고 싶은
한없는 기다림이 있다

나두야
초라한 옷깃에
금단추 하나 달았으면

종다리가
자유를 위해
하늘에 매달리는 이유

그건
단순한 비상이라기보다
욕망에 도전하는
자살일 수 있다

잠자는 얼음 밑엔

잠자는 얼음 밑엔
무엇이 사나

차가운 이성으로
눈 흡뜬 잉어여

햇살 얼비치는
그늘도 좋으련만

형산강 1

왜가리 두 마리
강바닥을 들여다보고 있다

하늘이 내려앉은 투명한 물속
천상이 내려주는 갯붕어에
제 목을 건다

그래, 저 왜가리 이젠 거기
발목까지 잡힐 것이다

형산강 3

강물이 바닷물에 스며든다
강은 옷섶을 여미고
바람의 애무를 즐기며
바다의 발가락을 간질인다

합궁, 합일
합㪣이라는 말의 성찬

오늘따라
하늘에 매달린 샛별과
달맞이꽃이 애처롭다

애처로운 것도 풍경이 된다
수묵화 한 점

5부

생명의 서書

마스크, 잠깐이었으면

코를 막고 입을 봉하면 질식이다
하필이면 우리 시대
지구의 종말을 예고하듯 이미
숯이 된 사람들이 수백만도 넘다니

우리 깨끗한 영혼으로 살다 가자
낡은 피를 뽑아내고
귀 열어 꽃잎 떨어지는 소리
새 우는 소리도 맑게 듣고 보는 날

운곡서원 은행나무의 자서 自敍

나는 옛날 옛적 운곡서원에서 태어났다
대대로 글 읽는 소리 들으며 자라온
나는

봄이 오면
새 문장 묻어둔 은행 겨드랑이에서
까만 글씨들이 눈 뜨고 자라기를
수백 년

글 읽던 선비들은 서원을 떠났지만
나는 그간 곁눈질로 담은 글이
내 키를 키운 자양이 되었을까
그 힘으로 지금 이리 우뚝 서있다

변방 선비들 과거 급제 한恨을
내 눈에 옷고름처럼 풀어놓았으나

실은 다 챙겨주지 못하고
들어도 못 들은 척 보고도 못 본 척
꾸벅꾸벅 살아온 세월이
이렇게 늙어버린 나의 자존이라니

기청산 무궁화동산

꽃들이란 꽃 여기 다 모였네
가난을 딛고 곱게 피어난 꽃들

이백여 종이 제각각 딴청 부려도
뜨거운 꽃차례는 어김없다

흔들리는 태극기 아래 무궁화여
눈물겹도록 고맙고 자랑스럽다

등 굽은 소나무

못난 것도 눈에 들면 정이 간다
식당 옆 작은 농원에
등 굽어 뒤틀린 소나무 하나
지지대의 부축을 받고 서있다

철사에 친친 감겨 목 꺾이고
팔 꺾인 채
세월에 생명을 연장하고 있지만

인연이랄까, 아침저녁 정원사가
어루만져 주는 기적이었으리
머리를 구부리고 어리광 부리며
기적을 꿈꾼다 미더운 대지여

헤어짐의 강

사랑이 어떤 것인지도 모르고
문명의 연기 속으로 사라진
피에로의 죄상을
누가 낱낱이 물어주겠나

도둑처럼 살며 마음을 숨기는
그런 사랑은 무섭다 말고
어리석고 병든 꿈이다

추억의 배면背面에서
헤어진다는 말 없이 저 혼자
가버리는 사랑은 사랑이 아니다
그냥 흘러가 버리는 강물이다

경주 역전시장

오월 볕이 따사롭기도 한 장바닥에
산딸기 한 바구니 앞에 두고
보루바쿠* 쫙 펴서 깔고 앉은 할머니
오늘도 단골손님 손 맞잡으며
세월과 사람 이야기에 시간은 짧다

속내 없이 주고받는 환한 모습에
딸기를 따며 살모사를 만났다는 얘기는
내 어머니의 오랜 동무 같은 정감이

경주역은 저렇게 덩그렇게 서서
희망을 찾아가는 여객을 기다리는데
하루하루가 십 년을 넘긴 한 평 장바닥에
평생을 바쳐도 할머니의 출구는
까마득하게 멀어 보인다 어쩌나 이걸

* 보드 박스board box.

보자기 한 평 좌판

겨우겨우 자리 잡은 시장 끝머리에
고구마 감자 풋콩도 한 바구니씩
콩나물 단지 옆에 멸치도 한 바구니
가지런히 차려놓고
장 손님을 기다리는 할머니의 오후
할머니의 굽은 등 위로
나비 한 마리 날아 앉았다
멸치도 명색이 고기라고 먼 바다에서
육지까지 오면서 무슨 시경을 읊듯
시종 비린내를 풍겼으니
나비도 그냥 스칠 수는 없었으리
누구도 거들떠보지 않는
보자기 한 평 좌판
세상은 아직도 너무 야박하고 따갑다
그러나 저 할매 보살의 기다림의
그늘은 넓고 깊다

왠지 울컥 - 내 목울대를 치는
저 눈물의 좌판에 떠오른 내 어머니

글쎄올시다

애견 카페에 갔다

활기찬 생의 한때가 세월에 밀려
축 처져 누운 노견 한 마리

곁에 앉은 예닐곱 살 여자아이가
"어르신 괜찮으세요" 한다
말로 운을 트며 손을 잡는다
눈으로 서로를 끌어안는 말이다

"어르신 어디 아파요" 또 묻는다
대답은 못 해도
말로써 상처를 치유하고픈 –
마주 앉아 눈으로 어루만져 주는
어쩜 앙증스럽고 예쁘기도 한

저 침묵의 몸뚱어리
동굴 가슴을 힘겹게 끌어 올려
노견이 외려 짧은 호흡으로
아이를 위로하는 것 같다

말없이 엎드린 채 눈동자만 굴리는
말 못 하는 짐승
숨 가쁘게 넘어야 할 이 삼복을
아이와 함께 벅찬 소통 중이다
물끄러미 바라본 나는
오싹, 흰 소금기처럼 혼란스럽다

뚱딴지같은 소리

가끔 쭝국 영화에서 보는
황당한 엉큼함처럼
우는 애에 엿 먹이듯
은근슬쩍
헛말 삼아 내뱉는
동북공정의 야욕
그뿐인가 김치를 파오차이로
턱도 없는 떼놈의 음험함
제발 쓸개 빼놓고
덩달아 해롱대지 마라
이런 말이 불편하면
이 땅을 떠나라 어여!

낙엽 보기

어쩔 도리 없는 것
잔바람에도 못 견딘
외마디 울음 같다

붉게 탄 이파리에
구멍 송송 뚫린 –
조금만 더 버티려
몸부림친 상처여

영혼도 가벼워졌나
해마다 투신하는
저 나뭇잎의 비애

녹우 綠雨

내 귀는 시를 닮은
빗소리에 얇아져

안개 낀 계곡물에
산천어로 뛰놀다

문득, 오래 잊은
젊은 엄마 얼굴이

안개비 속에 불쑥
목에 잠기는 초하初夏

능소화

님 향한 소화의 사랑
꽃으로 환생했다

붉은 노을에 잠겨
그리운 것이 무엇인지
알 수 없었지만
누구나 붙잡아 마구
몸 팔고 싶은

간음이란 말로
덩굴에 말려 저 혼자
삭아든 저 고독

헤매다 헤매다 맺은
환생이란 덩굴 송이

생명의 서書

배부른 쉬파리 한 마리
누런 날개 흔들며
거실에 무단 잠입 했다

하지만 여기는
출입 금지 된 인간의 구역

아이 낳을 곳을 찾아
만삭이 된 여인이 정기가 탐나
마을에 숨어든 적 있었다
글쎄 쉬파리도 아마
그와 다르지 않으리라

나와의 담판은 번개처럼
탁 - 한 방에 처형

터진 배 속에서
참깨처럼 쏟아진 생명의 씨
여름 거실을 하얗게 긴다

아서라
파리라도 파리로 안 보이는
저 생명의 행렬
무섭도록 간절한 헌사여

매듭 하나

그래봤자 다 꿈이야
우연히 당신 만나
매듭 하나 지었지만

세월 보낸 바람결

그 짧은 언약마저
곧 풀리거나 삭아날
웃지 못할 꿈이여

설악 계곡

오색 설악의 금강 계곡
물웅덩이마다 단풍잎 사태

산그늘이 참선에 들기 전
깡마른 단풍 한 잎을
동천에 묻고 싶었을까
물속 구름에 재우고 있는

달 차고 해 넘으면
언젠가는 이 웅덩이가
이 산의 젖줄이 될지도

진용숙

경북 경주시 사방 출생

경희사이버대 문예창작과 수학, 영남대 대학원 수학

1993년 《문학세계》 신인상으로 작품 활동 시작

(사)한국문인협회 경북지회장(전), 경북여성문화예술인연합회장(전)

경상북도문학상, 경주문협상, 호미문화예술상(문학), 포항시 양성평등상,

선덕여왕 대상 외

경북일보 기자(전), GBN경북방송에서 경상북도 대표 맛집 영상 취재, 경

주엑스포 식품관 방영, 종가 탐방 특집 취재 등

시집 『늦은 나들이』 『물고기와 시』

공저 『길을 만든 경북여성 2』

ysjin130@hanmail.net

물고기와 시

—

초판 1쇄 2021년 10월 7일

지은이 진용숙

펴낸이 김영재

펴낸곳 책만드는집

—

주소 서울 마포구 양화로3길 99, 4층 (04022)

전화 3142-1585·6

팩스 336-8908

전자우편 chaekjip@naver.com

출판등록 1994년 1월 13일 제10-927호

ⓒ 진용숙, 2021

—

* 이 책의 판권은 저작권자와 책만드는집에 있습니다.

  이 책 내용의 전부 또는 일부를 재사용하려면 양측의 동의를 받아야 합니다.

—

ISBN 978-89-7944-775-0 (04810)

ISBN 978-89-7944-354-7 (세트)